너무 멀지 않게

모악시인선 8

너무 멀지 않게

권오표

모악

ⓒ 곽풍영

시인의 말

스무 해를
부끄러움도 없이
그럴싸한 변명으로 탕진했다

저기
저무는 산모퉁이
남루한 풍경들이 애틋하다

2017년 9월
권오표

차례

3부 고비

4부 적막강산

1부

너무 멀지 않게

목련 질 무렵

저물도록 미나리꽝에서 놀다 나온 어린 거위 떼가 양 날
개를 풍선껌처럼 한껏 부풀려보더니
밥 짓는 저녁연기 오르는 고샅을 향해 노란 주둥이를 벌
리고 일제히 꽥꽥 우네

아직도 겨드랑이가 가려운지

어미가 그리운지

집시랑물

아랫녘에서는
낙숫물을
집시랑물이라 한다

앞산 장끼 울음이
잠든 뒷산을 깨우는 봄날
초가집 처마에 긋는
집시랑물이 없었더라면 봄비는 애초
오지도 않았을 것이다
배고픈 국숫발처럼 끊겼다 이어지는
집시랑물을 앞에 두고
토방에 쪼그려 앉아 양 볼을 꽈리처럼
오므려 빨던 당신의
봉초 한 대
뒤란 언덕의 개복숭아꽃은 저리
서럽게 피는데
가난처럼 검고 군둥내 나던 집시랑물
월사금 못 내 교실 밖으로
쫓겨난 아이가 책보가방 메고
처마 밑에서
뚝, 뚝, 떨구는 눈물

어느새 나도
낯선 땅을 떠돌다 지아비가 되고
건넌방
서리 맞은 고춧대 같은 당신의
밭은 기침소리에
시방도 묻어나는 집시랑물 냄새

봄비 오신다

마루의 내력(來歷)

소소한 바람에도 뒤란의 대숲은 불티 날리듯 소란스럽다
대숲을 빠져나온 바람은 곧장 처마 끝에서
갈라터진 흙벽을 껴안고 휘파람 소리로 집과 함께 운다
부엌으로 가서는 돌쩌귀를 움켜쥐고
부엌문과 함께 삐걱삐걱 운다
그 울음이 끝내는 마루에 켜켜이 쌓인다
어느 집이나 마루는 그 집의 내력을 품고 늙어간다
누구나 가슴 속에 마루 밑의 자루 빠진 낫처럼
서러운 내력 하나쯤은 품고 살아간다
햇볕이 구걸 온 걸인처럼 기웃대는 한낮이면
마루는 검게 입을 다문다
춘삼월에는 때때로 연분홍 살구꽃잎 몇 낱
검은 마루 끝에 내려와 잠시 쉬어가기도 한다

난장(亂場)

처음에는 보리깜부기 같은 소나기구름이
잠시 머물다 지나가는 줄만 알았다
그늘이 순식간에 어지럽게 마당을 점령해 버렸다
우물가 버드나무 위 매미 울음을 싣고
잠자리 떼가 편대를 이루어 마당 위에 떴다
매미 울음과 잠자리 떼 그림자가
촘촘히 짜여 마당 가득 난장을 펼쳤다
울타리에 서 있던 가죽나무 이파리도
일제히 고개 돌려 구경꾼으로 한몫 거든다
새끼 다섯을 거느린 마루 밑의 어미개가 천천히 일어나
마당을 향해 일없이 몇 번 짖더니
눈도 못 뜬 새끼들에게 젖을 맡기고는 다시 눈을 감는다

오랫동안 헛간 벽에 걸린
낡은 망태처럼 혼자 갇혀 살아 왔다

눈사람

밤새 눈이 그친 뒤
골목 빈터에
두 개의 눈사람이 생겼다
햇살은 잠시 기웃거리다 가고
찬바람은 오래 휘돌다 가는 곳
함석대문 집 아이가
점심도 잊고 만들었다
돈 벌러 나가 소식 없는 아버지와
작년에 곁을 떠난 동생이다
아버지 눈사람은 모자를 썼고
동생 눈사람은 춥지 말라고 목도리도 했다
늘 타던 세발자전거도 곁에 있다
배고픈 줄도 모르고 아이가
눈사람 주위를 돌며 흙먼지를 털어준다
아이의 손이 새파랗게 곱았다
이웃 담장에서 발등이 시린 새가
웅크린 채 아이를 내려다보고 있다
함석대문 안에서 아이를 부르자
아이가 가려다 말고 얼른 돌아서
동생을 꼬옥 껴안아 준 뒤
아버지 모자를 고쳐주고는 집으로 달려간다

아버지 눈사람 눈이 금세 벌겋게 글썽해진다
동생 눈사람의 어깨가
아버지 눈사람 쪽으로 슬며시 기운다

보푸라기 같은 눈이 다시 하늘에서 내려오기 시작했다

떠도는 소문

떠도는 소문은 썩은 모과처럼 검고 눅눅하다

산 아래 대나무집, 아비가 누구인지 소문만 무성한 당골
네 아들은 동네에 온 빨치산 따라 산에 들어가 난리 뒤에
도 끝내 돌아오지 않았다
어릴 적부터 홀로 뒷동산에서 종일 들 건너 강만 바라보
다 돌아오는 그를 두고 어른들은 뒤에서 연신 혀를 찼다

지난 밤 변소에 다녀와 다시 잠을 청하려다 선득한 기운
에 뜬금없이 어릴 적 뒷동산 등성이를 넘기 전 멈칫 서서
고개 돌려 바라보던 노루의 처연한 눈빛이 생각났다

아침에 여름 내내 방바닥에 가득 핀 곰팡이를 잡기 위해
마른 쑥을 모아 피웠다

저물녘에는 울타리의 옹이처럼 단단한 해바라기 그림자
를 동쪽으로 옮겨 놓았다

떠도는 소문은 썩은 모과처럼 검고 눅눅하다

한로(寒露)

바람도 없는데 울 밖의 오동잎이 풍경(風磬)처럼 무심히
지네

시든 줄기를 이랑으로 젖히고 두둑에 호미를 대면 고구마
들이 올챙이 떼마냥 딸려 나오지

강가에 나가 보니 물속의 조약돌이 모두 퍼렇게 소름 돋아
있네

누구나 가슴 속에 서늘한 돌멩이 하나쯤은 품고 사는 법

어제는 동네에서 상여가 나갔네

아무도 울지 않았네

겨울 강가

– 아중천에서

그리하여 겨울 강은 목울대까지 차오르는 울음을
목젖에 꾸역꾸역 욱여넣었다
마른 갈대들은 발목부터 꺾여 강바닥에 몸을 뉘거나
죽창처럼 서서 눈보라를 온몸으로 견뎠다
강가를 지키던 낚시꾼들은 한 발을 절뚝이며
이복형제마냥 애써 눈길을 피한 채 벌써 자리를 떴고
겨우내 왜가리는 잿빛 그림자를 살얼음 위에 뉘어 놓고
외발로 서서 강물을 숫돌 삼아 부리를 벼리고 있었다
검은옷을 입은 일행이 차에서 우루루 내리더니
누군가의 한 생애를 비듬처럼 강바람에 흩뿌리고는
서둘러 쫓기듯 떠나갔다
강 언덕에서는 아이들이 날리는 방패연이
공중제비로 처박힐 듯 꼬꾸라지다가
다시 치솟아 오르곤 했다

식은 고구마를 먹네

꿈에 당신이 내게 건너오는 날에는
손님 없는 점쟁이 집처럼 종일 아무 일도 할 수가 없네
목매기송아지 울음이 길게 강을 건너 올 때처럼
그저 먹먹하기만 하네
11월 유랑극단의 나팔소리처럼 한 귀퉁이 짠하기만 하네
찬마루의 어룽진 거울 앞에서
여며도 여며도 흘러내리던 숱 빠진 백동비녀
당신이 견뎌온 삼동(三冬)의
문풍지처럼 신산한 날들이 보이네
늦도록 미나리꽝만 헤집는 집 나온 추운 오리새끼들
눈보라는 부르튼 손으로 북창(北窓)을 할퀴고 할퀴는데
당신의 바람 든 조선무처럼 흔적 없는 생채기는
그 얼마였는지

오늘,
식은 고구마를 당신의 싱건지도 없이
가슴을 턱, 턱, 치며
꾸역꾸역 눈물 없이 먹네
눈물 없이 먹네

입춘(立春)

봄이어도 산으로 난 길은 쓸쓸하다
이맘때면 습관처럼 발가락 새가 가렵다
나물죽으로 건너 뛴 끼니의 어질함이
아지랑이를 부르는지도 모른다
몇 해째 들지 않은 처마 밑 제비집도 헐어 있다
가난한 아비는 막 푼 고봉밥처럼 푸지게 김 오르는
퇴비를 지고 산 아래 다랭이 논으로 간다
시궁쥐를 쫓다가 대나무집 문 앞에 걸린
불 꺼진 등(燈)과 만난다
이 집 노망난 할멈은 여러 날 만에 아랫방죽에서
굼벵이처럼 퉁퉁 불어 떠올랐다
몇 안 되는 초상 마당의 수런대는 소리가 빈 쌀독 같다
가려운 발가락은 신발굽으로 문질러도 여전히 가렵다
참새 떼는 좁쌀 같은 허기진 울음을
탱자 울타리에 뿌린다

가막골

안방 구석에서 이불 쓰고 있던 청국장 냄새가 문지방을 넘어 토방으로 내려오자

사랑방 시렁에 걸린 쿰쿰한 메주내가 처마 밑으로 마중 나온다

외양간 쇠죽 쑤는 생솔에 밤송이로 막아 놓은 쥐구멍에 서도 스멀스멀 매운 연기가 피어나온다

늙은 우체부가 부고장을 대문귀에 꽂아 놓고는 어깨에 쌓인 눈을 털며 연신 투덜댄다

기척에 놀란 족제비가 닭장에서 병아리를 물고 황급히 대숲으로 숨어든다

엉덩이에 마른똥이 가문 뻘밭처럼 눌어붙은 누렁소가 천천히 일어나 함박눈 퍼붓는 가막골을 멀뚱한 눈으로 굽어 본다

찬비

고물상 골목길에 다시 어둠이 스몄다
녹슨 유모차가 할머니 뒤를 어깃어깃 따라 왔다
한때는 손주들의 재롱이 넘치던 자리에
지금은 골판지 상자들이 앉아
할머니 손에 끌려 골목을 들어선다
일 킬로 육십 원에 의탁한 여생
오늘은 칠 년째
쥐오줌 벽지만 지키고 있는 영감한테
소주라도 한 병 사들고 가야겠다며 걸음이 바빠진다
슈퍼 옆 가로등이
깜빡 졸다 깨어 할머니 유모차를 살며시 밀어 준다
대책 없이 찬비만 추적추적 내렸다

너무 멀지 않게

너무 멀지 않게

봉숭아 씨앗이 터지는 거리만큼만

풀여치 날갯짓 소리만큼만

노루오줌꽃 연둣빛 그늘만큼만

시누댓잎에 쌓인 봄눈만큼만

밥 짓는 저녁연기 기웃거리는 발치만큼만

토란잎에 그네 타는 이슬만큼만

네 돌아앉아 가만히 들썩이는 귀밑 볼 솜털에 맺힌 햇살
만큼만

너무 멀지 않게, 너무 멀지 않게

다시 11월

밤새 산비탈 콩잎이 황달 걸린 끝순이 아짐처럼 누렇게
변했다

처마 밑 제비들도 언제부터인지 기척이 없다

초상 지난 마당이 이럴 듯싶다

한여름을 산그늘에 갇혀 지낸 맹감 덩굴이 성성한 위로
가 된다

무밭에서 한소쿠리 무를 이고 온 어머니가 저녁쌀을 씻
으러 우물로 간다

땔감에 쓸 고자배기 몇 개 얻으러 뒷산에 오른 아버지가
길게 늘어진 당신의 검은 그림자만 지게에 지고 시름도 없
이 마당에 들어선다

올해 농사도 반타작이다

낮달

섰다리 건너

밥 빌러 나온

단발머리 계집

길을 잃었나

맨발에

양재기도 비어

2부

적소에서

처서 무렵 노을은

처서 무렵의 노을은
산비탈 밭머리 고개 꺾인 수수모가지 사이로 든다
까치발로 서서 발등 부비며
서걱대는 수수잎사귀 틈으로 온다
빈 도시락을 어깨에 맨 채 달그락거리며
신작로를 따라 오던 유년의 긴 그림자
처서 무렵에는
일등만 도맡아 하는 반장처럼 당당하던 플라타너스도
동네 우물가 풋감 떨어지는 소리에
오소소 몸을 떨고
산다는 건 아궁이의 다 닳은 부지깽이처럼
그저 참고 또 견디는 것
사람들은 야위어가는 하구의 물그림자에
지난여름의 생채기를 말없이 실어 보낸다
처서 무렵의 노을은 들일 마친
늙은 아버지의 삼베 잠뱅이를 지나
밥물 넘는 저녁연기 사이로 고개 떨구며 온다

쓸쓸한 질문

심야 극장에 갔다

주목 받지 못한 영화 속 한물 간 늙은 배우의 연기는 무료하고 공허하다

비 오는 아침 창가에 앉아 한 잔의 커피를 앞에 놓고 쓸쓸한 질문을 던진다

나는 어느 후미진 골목을 돌고 돌아 이곳에 유폐되어 있는가

하루하루가 낡은 구두 뒤축처럼 헐겁고 시시하다

일기를 썼으나 벌써 옛일이 되었다

바람에 진 젖은 잎이 눌러 붙은 빈 의자가 적막하다

꿈꾸는 일이 부쩍 잦아졌다

간밤에는 강가에 나가 꺼이꺼이 울다가 왔다

꿈은 또 다른 서러움의 고백임을 안다

옆구리부터 말라가는 수련잎이 청개구리를 힘겹게 떠받치고 있다

내일이 또 덧없으리라는 걸 예감한다

찻잔의 식은 커피처럼 꽃병의 꽃도 시들었다

폭설

밤새 마른 계곡에 쓸려 쌓인 눈에
모악(母岳)*의 산그늘이 시리다
산으로 난 덤불길은 발자국 끊긴 지 벌써 오래
너에게 보낸 편지는 번번이 주소불명이다
마지막 버스조차 떠나버린 면사무소 앞
멈춘 지 까마득한 정미소의 녹슨 양철지붕 틈으로
이명(耳鳴)처럼 바람은 웅크린 채 쿨럭이며
빈들을 건너가고
홀로 흔들리는 산비탈 불빛
낮술에 젖은 홀아비 박 씨의 꺼억대는 목울음에
뒤척이던 삭정이들이 몸을 부린다

오늘밤도 또 눈은 쌓이고 쌓여
길을 지울 것이다

* 전주 근교의 산

방죽

묵정밭 지나 산그늘 아래 방죽에 갔습니다

소장수네 후사(後事) 없어 소박맞은 소실이 빠져 죽자 동
네 홀아비가 뒤를 따랐다는 곳

그 잦던 맹꽁이 울음도 스러지고 소금쟁이만 바지런히 물
금을 긋는 물빛이 낮달처럼 서럽습니다

발길 끊겨 무너진 무덤가 망주석에는 쑥부쟁이만 망주석
을 움켜쥐고 서슬이 퍼렇습니다

바람이 불자 방죽 쪽으로 기울어진 느릅나무 그늘이 조
금씩 꾸들꾸들해집니다

동구(洞口) 2

장에 간 아버지가 거나한 걸음으로 고등어 한 손 들고 육
자배기로 넘어오는 곳

들일 갔던 오복이 아재가 소 매어 놓고 봉초 한 대 말아
피우는 곳

당산나무 위에서 까치가 종일 보초 서는 곳

삼 년 만에 친정 오는 누이 맞으러 어머니가 하염없이 손
차양하는 곳

농협 빚 독촉장이 우체부 가방에 꼬박꼬박 실려 오는 곳

복수초도 천둥도 폭폭한 눈보라도 상여소리도 잠시 쉬었
다 넘는 곳

헛간에서 똥 누고 나오면서도 절로 눈이 가는 곳

열여섯에 시집 온 점례 할머니가 한 번도 넘지 못한 곳

동백

한때,
누구나 한번쯤 돌개바람처럼 휘몰아쳐 온
치사량의 무모한 사랑
화롯불마냥 품지 않은 이 있으랴

먼 나라 공주의 방을 목숨 걸고 넘고 싶지 않았으랴

저물녘
사립문만 바라보다 돌아선 누이
동박새 따라 선운사 뒷그늘에 와 목 놓아 통곡하네

붉은 울음 뚝, 뚝, 지네

옥수수 다섯 자루

바람 찬 골방 벽 구석에 옥수수 다섯 자루가 가까스로
매달려 있다
삼십 촉 백열등이 흔들릴 때마다 함께 흔들거린다
전신주에 걸린 연처럼 대롱거리고 있다
앙다문 알갱이마다 아비의 굳은살이 촘촘히 박혀 있다
새벽 산비알 오르는 소달구지의 겨운 콧김이 서려 있다
지난여름의 바람과 천둥과 햇살이 들어차 있다
틀니로 웃고 있는 노망난 할매의 얼굴이 걸려 있다
옥수수 잎에서 놀던 방아깨비의 날개에 맺힌 이슬이 얼
비쳐 있다
다섯 식구가 못 하나에 매달려 식은땀을 흘리고 있다

모퉁이

모퉁이가 있다는 건 가슴이 조금 아리기는 하나
그래도 좋은 일

네 마음의 찻집 구석에 앉아 철지난 샹송을 허밍으로
따라 가고 따라 가고
이끼 덮인 숲속 왼쪽 날개가 찢긴
산제비나비의 안부를 묻고

모퉁이가 있다는 건 네 마음 한켠에
내 무늬가 남아 있다는 흔적

능소화 툭툭 지는 저녁에
네가 사라진 골목길을 저물도록 두근대며 바라봐도 좋
은 일

고샅

아랫뜸 만석이 아재네는 동네 빚에 몰려
신새벽 소문도 없이 대처로 떠나고
무너져 내린 마루에는 하릴없이 다녀간
참새 발자국만 어지럽다

솔뿌리를 움켜 쥔 서릿발도
이젠 앙다문 어금니가 시큰거리는가

우물가 버들가지도 아직 어깨가 시리는지
방아깨비처럼 한발을 들고 건들건들
목덜미까지 온통 어루러기가 번졌다

얼굴이 노란 늦둥이 딸을 둔 구장집에서는
짚불 연기 같은 늙은 무당의 징소리가
새벽까지 고샅으로 흘러나왔다

홍매(紅梅)

아직 잠에 취한 바위틈을 비집고
귀 밝은 얼음장이 일어나 하산할 채비를 한다

생강나무도 눈을 떠
알싸한 향기 몇 되 지고 뒤따를 요량이다

몇 해 전이던가
사연 없이 시들어 배배 죽은 나무를 잘라내고
달 뜨는 창가에 홍매 한 그루 심었다

– 인연은 얼마나 참혹한 것인가

십오야(十五夜),
초경의 계집아이 젖꼭지처럼
창호에 서린 매화송이 붉다

밤 깊어 발목이 붉은 새가
창호 끝에 발가락 그림자 낙관(落款)을 찍고 간다

종일 빈방에 홀로 누워
애벌레처럼 추운 등을 오므려 깍지를 낀다

내일은
밥 짓는 저녁연기 굴뚝에 오르기 전
앞개울에 징검돌 몇 개 놓으리

겨울 초상

이번만은 기어이 끝장을 보고야 말겠다는 듯
북창(北窓)을 할퀴는 눈보라에 산골 마을은
잠들지 못하네
맞장 한번 떠보겠노라고 등뼈를 곧추세운 대숲은
아무래도 힘에 부치는지 연신 가쁜 숨비소리를 내네
이장집 영감님은 새 달력에서
이태 전에 먼저 간 할멈의 제삿날을 더듬고
마을 젊은이들은 사랑방에 모여
하 수상한 시절을 안주 삼아
밤 깊도록 섯다 패를 돌리네
눈 덮인 빈들에서 벼 포기는 단발령에 잘린 상투처럼
연대를 이루어 전열을 가다듬는데
나는 앞강이 쩡쩡 우는 소리를 들으며
식어 가는 구들장에 엎드려
통속 소설에 킬킬대거나 수음을 하는 일
지난 밤 꿈에 자작나무 숲으로 사라진 은빛 여우의
안부를 궁금해 하는 일

밤새

별도 없는 밤에 밤새가 우네
검은 산이 함께 우네
강물 들듯 천천히 우네
뒤에 있는 것은 두렵고 숨어 있는 것은 무섭지
한 무더기 민들레도 어떤 것은 벌써 지고
어떤 것은 이제야 피네
덧없이 흘러 가고 흘러 오는 것
누구는 잠 못 들고 누구는 꿈을 꾸지
누님의 햇무덤 위 찬이슬 내리는 밤에
밤새가 사립문을 늦도록 흔들며 우네

적소(謫所)에서

　오늘도 건달처럼 두 손을 주머니에 찌르고 포구에 갔습
니다

　하루에 두 번 뭍으로 가는 통통배가 투덜대며 막 방파제
를 벗어나고 있었습니다

　바닷가 가게들은 빛바랜 간판처럼 모두 무심한 얼굴입
니다

　방파제 끝에서 낚싯대가 두엇 하릴없이 끄덕끄덕 졸고 있
습니다

　구럭 안은 비어 있습니다

　물에서 기어 나온 어린 게들만 방파제 위를 갈팡질팡합
니다

　오랫동안 주머니 속에서 귀퉁이가 닳은 편지를 비로소 우
체통에 넣었습니다

　돌아오는 길에 늘 불콰한 얼굴의 민박집 사내가 새삼스

레 아는 체를 합니다

주말에 폭풍이 몰려올 거라고,

바닷가에 널어놓은 어망을 걷으러 가는 길이라고

아직은 견딜만합니다

서러움에 대하여

감나무 위에서 까치가 운다

울타리에 무성한 풀을 뽑다가

들찔레 덩굴로 스미는 꽃뱀을 보았다

내일은 비가 올 것이다

그리고,

물푸레나무에는 새잎이 돋을 것이다

이제 너를 잊으려 한다

달밤

문둥이 부부가 토굴에서 어린아이 간을 나눠 먹는 밤

베짱이는 밤새 달빛을 길어 비단을 짜고

아랫마을 우물가 과붓집 마당에서는 박수무당이 작두를
탄다

3부

고비

고비*1

길 없는 길에 섰네

한평생 비천한 시간만 탕진하다

고비에 왔네

헐거워진 물렁뼈 꺾어

무릎 꿇네

모래바람 쪽으로 왼쪽 어깨가 기우네

그대와 백년을 걸어도 소실점(消失點)에 닿지 못하리

* 몽골 내륙의 사막

고비 2

바람은 밤마다 새로 모래 제단을 쌓고

쌍봉낙타는 몽유(夢遊)의 달그림자를 따라

사막을 건너네

심심한 들쥐들도 마른 덤불 속에 잠들었네

이별을 예감하는 사랑은 사랑이 아니네

고비 3

저녁이 되자

유목(遊牧)의 별들이 내려와

어미 잃은 양들에게

낮 동안 퉁퉁 불은 젖을 물리네

지천으로 핀 파꽃이

무른 잇몸을 쓰다듬어 주네

물수제비뜨듯

서천(西天)에 초승달 떴네

너무 늦게 왔네

고비 4

풍화(風化)된 뼈들이 고비에 갇혀 함부로 뒹굽니다

찬이슬에도 이빨을 부딪치며 웁니다

걸어도 걸어도 황사바람 이정표 없는 허방길

갈 데까지 가보자고 가보자고

나는 고비의 외로운 늑대

열 손가락 핏물 돋우며

그대 향한 그리움 쪽으로 꽃 피우렵니다

목숨

세상의 어머니는 살을 찢는 안간힘으로

눈보라치는 들판에 핏덩이를 밀어 넣는다

꽃나무는 통점(痛點)의 끄트머리에서

툭, 터트려 바람 속에 꽃을 피운다

모든 목숨은 아, 프, 다,

둥지

봄이 되자
하늘을 배경으로
새가
나무 위에 둥지를 틀었다

긴 겨울
지나온 길을
부리에 물고 와
기둥을 세우고
방석구름을 따다
구들을 놓았다
배냇니내 나는 봄바람으로
벽지를 두르고
지붕은 별 떼들과
조각달 하나
노을에 걸린 무지개 한 필 거두어
울타리에 심었다
눈인사 온 가랑비로
찻물을 우려내고
연두색 나뭇잎은 국보급
청자 찻잔

앞가슴 솜털 뽑아
친구들에게 직접 쓴
집들이 초대장을 돌린다

그러나,
이 일이 그대와 아니라면 얼마나 부질없으랴

구이(九耳)* 에서

고기비늘 같은 눈발들이 강바닥에 머리를 처박고 있다
아직 서러움이 남은 것들은 떼 지어
낮은 포복으로 마른 풀들을 흔들며 버텨보지만
갈라진 배를 드러낸 하구는 늙은 창녀처럼 무심히
눈발들을 받아 안을 뿐이다
얼마나 허구한 날들을 간단없는 슬픔으로 견뎌야 하는가
오래 감춰진 옆구리의 상처가 다시 가려워진다
저수지 건너
한쪽 정강이가 젖은 팽나무는
겨드랑이의 뾰루지를 바람에 맡긴 채
흐린 그림자만 물 주름져 흐느적거린다
등 돌려 도리질하던 숱한 다짐들은
지워진 길 위에서 목울대로 차오르고
처마 밑 무말랭이는 저녁연기에 시름시름 야위어 간다
이따금 아궁이에서 튀겨 오른 불티들이
눈발에 섞여 흔적도 없이 사라진다
문득,
모악의 골짜기 눈물 진 자리
설해목(雪害木) 한 가지 관절처럼 꺾여 폭설에 묻힌다

* 전주 근교의 모악산 아래 마을

성덕리

　성덕리에 갔다 마을 위 계곡에 폐사지가 있다는 곳 골목
은 비어 있다 마을 입구는 코스모스가 건들건들 서서 경비
를 서고 길고양이 몇 마리가 하품을 하며 느리게 순찰을 돈
다 개 짖는 소리도 그친지 오랜데 개장수 트럭이 마을을 한
바퀴 기웃거리다 간다 잡화 트럭도 스피커를 앞세우고 따
라 돌다 검은 연기만 남겨놓고 간다 마을회관 옆 전봇대는
기본급도 못 받는 보청기, 부동산 샌드위치맨

　아침이면 먹감나무 위에서 산까치들이 일제히 기상점호
를 취한다 며칠째 깽매기네 대문에 기척이 없다 병문안을
가야 할지 사발통문 부고를 돌려야 할지 의견만 분분하다
성덕리 젊은이 예순 일곱 살 마을 이장은 명함이 두 장이
다 파라다이스 노인 병원 홍보이사 천국 장례식장 영업상
무 번번이 빈 차로 와 빈 차로 가는 군내 마을버스 엔진 소
리에 아침부터 마을회관 텔레비전 앞에 모여 졸던 검버섯
만 얼굴에 가득 핀 노인들이 퍼뜩 놀라 설레설레 고개를
흔든다
　어느새 폐사지가 마을로 내려왔다

판화

- 공원에서

벤치에 모여 앉은 손들이 늙었다

목젖에 가릉거리는 기침 소리가 늙었다

이파리만 몇 남은 은행나무 그림자가 늙었다

빗물에 얼룩진 처마가 늙었다

멈춘 지 오랜 시계탑이 늙었다

담장 위에 내려앉은 햇살이 늙었다

스피커의 철지난 노래가 늙었다

단골 잃은 요구르트 가방이 늙었다

엽서

산모롱이 돌아 당신께 갑니다

는개 속 산벚꽃 난분분 지는 그 어름쯤의

버선코처럼 다소곳한 오두막 한 채 바로 내 마음입니다

당신은 저를 위해 싸리비로 마당을 쓸고 또 쓸겠지요

울타리 곁에는 부용화가 꽃망울을 내밀고

개울가 풀밭에는 염소 몇 마리 풀을 뜯고 있으려나요

참았던 그리움 섞어 당신께 막무가내 투정도 하겠습니다

소름 돋는 가시밭 진창길

당신이면 됩니다 당신이면 됩니다

구름

눈 덮인 자작나무숲을 지난다

떠도는 슬픔은 어금니보다 단단하다

구름은 변덕쟁이 마술사, 아니다

드난살이에 이골 난 곡마단의

눈물 많은 어릿광대

달콤한 솜사탕이었다가

성난 도깨비였다가

팽팽한 줄 위는 언제나 아슬하다

바지랑대를 조심할 것

늙은 포수는 늑대의 울음만으로도

바람의 방향을 가늠한다

한낮의 우레도

개개비 둥지는 비켜 지나간다

그대와 나의 아픈 사랑

그물에 걸려

한 사흘쯤 울고 가는

곡비(哭婢)

누가 자꾸 문을 두드리는 듯싶어 창을 열어보니

지난밤 빨랫줄에 걸어 놓은 셔츠가 밤새 비를 맞고 있다

천둥 번개도 다녀갔는지 흐느끼며 울고 있다

두 팔이 집게에 물린 채 흔들리며 울고 있다

갑자기 내 양 어깨가 헐렁헐렁해졌다

그리고 아무 말도 하지 않았다*

산길에 들자 모든 것이 적막해졌다

굽이가 많아 또 다음 굽이가 궁금해지듯

담을 넘어 온 귀뚜라미 울음이 벽장에 켜켜이 쌓이다가

베개를 흥건히 적시듯

네 잡은 손이 이내 봉숭아꽃물처럼 붉게 물들었다

낙엽이 빈혈의 산사태처럼 고함치며 함부로 굴러 떨어졌
다

그리고 아무 말도 하지 않았다

* 전혜린의 글 중에서

고춧대가 찬이슬에 쇠어가는 저녁 무렵

쥐똥나무 울타리에 뱀 허물이 상모 끈처럼 걸려 있다

손톱물에 쓸 백반을 찾던 누이가 봉숭아 꽃잎에서 물큰한 비린내가 난다며 울밑에서 따다 모은 꽃잎을 뒤란 귀퉁이에 묻고는 침을 세 번 뱉는다

어린 감나무는 성성한데 늙은 감나무는 선들바람에도 하루하루 수척해진다

월남 갔다 외다리로 온 점수 아재처럼 고래고래 지르던 매미 울음도 잦아들고

마당 가득히 잠자리 떼가 운동회 마당처럼 우르르 모였다 흩어지곤 한다

여름 내내 짓무르던 무릎의 생채기에도 언제쯤 꼬들꼬들 딱지가 앉으려는지

허물 벗은 뱀은 내년 봄에 또 장독대에서 맹감 같은 붉은 눈으로 나와 마주치려는지

고춧대가 찬이슬에 시나브로 쇠어가는 저녁 무렵

돌의 북쪽

냇가에 돌들이 무더기로 진을 치고 있다
모두들 낮게 수그린 채 한쪽을 응시하고 있다
약속이나 하듯 삭발을 했다
월급 못 받고 거리에 나온 지아비들처럼 모두
이마와 어깨에 흰 띠를 두르고 있다
큰물이 지고 나서 다시 가보니
검은 돌들이 어린 돌들을 데리고 감쪽같이 사라졌다
모난 돌들만 남아 허리를 물속에 담근 채
물살을 견디며 북쪽을 향해 눈을 부릅뜨고 있다

마을이 그리운 향일암 부처님

여수 돌산도 향일암 애기부처님은
오늘 밤도 잠 못 이루시다.
무릎 아래 자귀나무도 더위 먹은 초복(初伏)
하늘에 걸린 고대광실은 그 무엇하리.
땀 뻘뻘 흘리며, 미끄러지며 오는 형제들아
오늘은 내 더욱 미안하구나
내년 이맘때는 전셋값이라도 빼어
내가 너에게로 가마, 너에게로 가마

자꾸만 헛짚어지는 금강경 한 대목

비가(悲歌)

갓 뽑은 무 밑동처럼
서늘한 눈매를 지닌 사람과
11월의 숲에 갔었네
엊그제 찬비 그친 뒤 더욱
수척해진 낮달
하늘은 곡옥(曲玉)빛 그렁그렁한
눈물을 쏟고 있었어
그의 쓸쓸한 어깨처럼
나무들도 쓸쓸했네
그는 저만치 오도카니 서서
신발 끝으로 동그라미를
그렸다 지우고 그렸다 지우고
나는 날개 끝에 서리 묻은 새에게
한쪽 팔을 내어주는
나뭇가지를 보고 있었네
바람도 없는데
그의 그림자가 물결처럼
조금씩 조금씩 흔들리고 있었어
그의 등 뒤에서
내 그림자도 속절없이 밀물져 흔들렸어
홀로 남은 개옻나무 붉디붉은

잎새 하나
울컥, 떨어졌어

4부
적막강산

산길

- 적막강산 1

날은 저물어 가는데

판수 영감이 지게에 거적을 말아 지고 혼자 산을 오르고
있다

늦둥이로 본 아들이 여름부터 까닭 모르게 시름시름 앓
더니

오늘 아침 죽었다는 소문이 돌았다

어린 누렁이가 꼬리를 흔들며 뒤를 따르고 있다

눈 오는 밤
- 적막강산 2

푸지게 눈은 오고,
초저녁 두어 숟갈에 굴풋한 늙은 남정네들은
메기수염 구장댁 사랑에 모여
두부 내기 화투에 밤이 깊다
고방에선 벌써 코밑이 거뭇해진 아이들의
가마니 치는 그림자가 너울거리고
아궁이에 묻어둔 고구마 냄새에
처마 밑 고드름은 한 뼘씩 커간다
외딴집 젊은 과수댁 등불이 졸다 꺼지면
불두덩이가 한참 뜨거운 사내들은
며칠째 폭설에 대처로 가는 길조차 지워진
재 너머 강바닥에 온몸으로 밤새워 처박고 있을
눈발들을 떠올리곤 문득 가슴이 헛헛해져
살얼음 친 동치미 국물을 한 사발씩 부르르 들이킨다
이따금 대숲의 눈더미 부리는 서슬에
놀란 오소리가 뽕밭에서 미끄러지며 산으로 달아난다

고가(古家)

– 적막강산 3

날품이라도 팔아야겠다며 타관 간 아버지는 소식이 없고

시름시름 몸져누운 어머니는 아랫마을 개 짖는 소리에도 이불 뒤척이며 돌아눕는다

비가 오려는지 우물가 늙은 살구나무 가지를 지나는 바람이 습습한데

밖으로 잠긴 뒷방에서는 할머니의 문발 긁는 소리만 마루를 건너온다

제삿날
– 적막강산 4

함바집 외상이 밀려 못 내려온다는 아버지의 기별에
오늘 밤 할머니는 고추밭에 두고 온 호미자루처럼 정처
가 없다
뒷방에 간 어머니는 솥뚜껑에 가지전이 눌어도 나오지
않았다
동생과 나는 봉숭아꽃물 백반을 얻으러
눈치 없이 우는 쑥국새 따라
아래뜸 뻐드렁니 이모 집에 살금살금 갔다

장날
– 적막강산 5

홀어미는 삼베 이고 밤재 너머 장엘 갔다
뒷산 참나무 등걸에서 잡아온 풍뎅이는
우리 집 마당쇠다
머리를 모로 꼰 채 네 다리는 누가 가져갔나
손바닥 벅구 장단에 콩짝만한 마당을
온종일 혼자 쓴다
벌레 먹은 풋감이 벌써 붉었다

첫눈
- 적막강산 6

새로 홑청을 껸 솜이불에 오줌을 쌌다고
머리에 키를 쓰고
아랫마을 큰할머니 집으로 소금 얻으러 갔다

우물가 참죽나무에 앉은 까치가 혀를 빼밀고 깍깍거렸다

이태 전 재 너메로 시집 간 막내 고모가
후사가 없다고 맨발로 울며 왔다

당숙모
– 적막강산 7

울산 김씨 진사댁 외동딸로 자라
친정에선 손끝에 물 한번 안 묻혔다는 당숙모
겉만 번지르르한 채 빚으로 다 기울어가는
종갓집에 물색없이 시집 와
아편에 술에 계집질로 폐인이 되어 가는 남편 뜻 다 받들
다
저리 곱던 자태 어느새 비 맞은 짚단처럼 삭아가더니
그래도 시아버지 제삿날 아침에는
무너져 앉은 제청 마루를 몽당비로 시름없이 쓸고 있다

지팡이
— 적막강산 8

장돌뱅이 큰아재가 넘던 길이다
비 온 뒤끝에 구렁이가 또아리 틀고
젖은 몸 말리던 길이다

한 다리를 박달나무에 맡긴 채
육십 평생 고갯길을 넘나들며 살아 온
절뚝배기 큰아재

도깨비가 방귀 뀐 박달지팡이 덕에
상토답 스무 마지기를 맨손으로 장만했다며
잠자리에서도 곁에 두어야 잠이 온다는데

산비 오던 날 혼기 놓친 아들이
빠져 죽은 아랫방죽에 지팡이도 함께 있었다

그 해 여름
- 적막강산 9

장맛비 그치고,
쇠여물 길 싸릿재 산비알
가시덤불 틈새
두어 됫박의 탄피가 비에 젖어 있다
상쇠소리 희미한
막내 당숙의 기운 어깨가 함께 젖어 있다

한 달에 두 번
방물장수 얽배기 영감의 가위 끝이 동구 밖에 쩔렁였다
당산 그늘 아래 둘러 앉아
우리는 바가지 가득 사카린 물로 헛배를 채웠다
나무 위에선 말매미가 징허게도 울어 댔다

처서(處暑)

하루가 두꺼비 발처럼 굼뜨다
자귀 잎도 날개를 접고 게슴츠레 딴청이다
칡덩굴만 아직도 잰걸음으로 쩔레 울타리를 점령 중이다
마루 기둥 곁에 걸레가 마르며 굳어가는 한낮
산(山)집의 아버지가 그랬듯이
나도 검은 마루에 혼자 앉아
흰밥에 찬물을 말아 먹는다

초승달

산 아래 대나무집 그늘에 숨어 언제나 혼자 놀던 아이

올라간 소맷단 위 손등이 시린 아이

눈 한 번 마주친 적 없던 아이

가끔씩, 가끔씩 속울음을 울게 하던

찬 겨울 시냇물 속 조약돌 같던 아이

흐린 날

지난 가을 어머니가 새로 바른
댓잎 문풍지 틈새
미처 집에 가지 못한 꼬마 눈송이들이 저무는
골목길에 모여 술래잡기를 한다
강 건너에서 어서 오라고 어서 오라고
손짓 하던 형아 눈발들도
허리 꺾인 마른 풀에 엎드려 머리카락만 희끗하다
겨우내 문풍지에 죽지 묻고 울던 휘파람새는 어딜 갔나
처마 끝에 빛바랜 햇살 한 가닥 매달아 놓고
서성대던 고드름들은 발치 아래
눈물만 뚝뚝 떨구고 있다
한밤이면 까닭 모르게 오소소 돋는 미열
너에게 보내는 편지만 오늘도
속절없이 썼다가 썼다가 찢는다
라디오에서 흘러나오는 늙은 성우의 졸리운 목소리가
부스스 느티나무 겨드랑이의 비듬을 털어
흐린 하늘에 날린다

하지(夏至)

백화등 덩굴이 몇 해 전 추위에 죽은 동백 가지를 악
착같이 감아 오르고 있네

이번 주말에는 태풍이 남해안에 많은 비를 몰고 올 거
라네

하긴 이즈음의 일기예보는 번번이 반은 맞고 반은 빗나
가지

토방 밑 개미굴 곁에 지렁이 한 마리 개미 떼에 둘러싸
여 바둥거리고 있네

마을회관 옆

해장술에 끄덕끄덕 졸고 있는 외다리 김씨 영감의 월남
상회에서 국수 한 통 사들고 집으로 오네

인동(忍冬)

대숲이 달빛을 버나재비*로 굴리며 놀고 있는 삼경(三更)

　저녁도 거른 채 일찍 잠자리에 든 참새들이 대꾼한 눈을 뜨고 귀를 모으네

* 남사당패의 연희 중 접시돌리기 놀이

당신의 오두막

해남 보길도 예송리 바닷가에 와
새벽안개 속에 몽돌들이 뒤척이는 소리 듣네
송홧가루 날리는 동산에서 삐비 뽑아 헛배 채우던
열 몇 살 언저리
어두운 부뚜막에서 어머니 좁쌀 씻던 소리 듣네
처마 밑 거미줄에 걸린 뜨물 같은 안개
패랭이꽃처럼 낮은 당신의 오두막은
지금도 비 맞으며 검게 웅크리고 있는지
저물어 젖은 풀길
어린 염소가 허리 굽은 당신을 모시고
는개 속에 앞장서 오네

독거(獨居)

마을로 동냥 갔던 귀뚜라미가
대문을 기웃거리는가 싶더니 슬그머니
귓속에 들어와 운다
밤새도 뒤척이며 함께 운다 밤마다 운다
뒷산에 엎드린 곰바위처럼 막무가내며 속수무책이다

서리 내린 아침 마당 한켠에
날개 다친 새가 새빨간 눈을 뜨고 죽어 있다
아궁이의 재도 식었다

토방에 놓인 신발을 밖으로 돌려놓는다

적소(謫所)에서 보낸 스무 해

문신(시인, 문학평론가)

에피메테우스의 시선

권오표 시인이 누구보다 정갈한 시를 쓴다는 사실은 잘 알려져 있다. 깨끗하고 말쑥한 의미로 사용되는 정갈함은 그의 시에서 투명한 감각 지각을 확보하는 것으로 드러나고 있다. 그것은 그가 소멸 직전에서야 가장 명쾌하게 빛나는 삶의 국면들을 포섭해낼 줄 안다는 말이기도 하다. 이 투명한 세계에서 권오표 시인은 미묘하게 반짝거리는 삶의 무늬를 솜씨 좋게 벗겨내는 것으로 시작(詩作)을 삼는다. 그런 까닭에 그의 시어에 얹혀 반짝거리는 무늬는 그가 살아낸 내력이면서, 그것은 때로 과도하게 채색된 이념이었다가 더러는 한순간 격정적으로 폭발하는 침묵을 가두어 둔 절대 시간이 되기도 하다. 만약 그의 시에서 어떤 떨림이나 걸림 같은 것이 포착된다면, 그건 그가 시편마다 새겨놓고 싶어 했던 삶의 감각적 무늬일 확률이 높다. 그러한 무늬로 그는 고독하나 순도 높은 시의 지평을 열어간다. 권오표 시인의 감각적 투명성이 명징하게 표출되는 순간이 있다면, 삶의 무늬가 작동하는 그때, 즉 그의 시가 개시되는 순간이다.

그러나 그의 시가 열릴 때 그의 삶은 파국에 이르고 만다. 감각의 개시와 파국이 서로를 회피하지 않으면서 충돌할 때, 그의 시는 침묵한다. 이를테면 그의 시는 삶과 마찰하지 않고 삶을 파열시키지 않으면서 오히려 삶을 머금어버리는 것이다. 이러한 침묵이 발화의 방식이라는 점에서 그의 시는 존재하면서 부재하는 세계에 가까워진다. 존재하면서 동시에 부재한다는 역설의 수사는 권오표 시인이 살아온 절대 시간의 흔적처럼 보이는데, 그것은 '(부)존재'와 '부(존)재'의 혼재된 시간 속에서 괄호 속에 담긴 잠재성이 그의 시적 포즈를 형성하는 기제로 작용하기 때문이다. 그런 까닭에 '존재'의 일상성이 전면에 부각될 경우 그 기저에는 언제나 '부재'를 향한 충동이 꿈틀거리는 것이다. 이 경우 현재적 삶의 존재적 순행과 긴장의 자장을 형성하는 부재의 역행이 발생하는데, 권오표 시인에게 역행의 이질적인 부재는 '기억'이라는 질료와 다르지 않다. 살아버린 시간으로서 '기억'은 지금 존재하지 않는 부재의 흔적이지만, 흔적이라는 말에서 알 수 있듯, 존재했던 부재라는 시간의 이중적 층위를 동시에 포섭해나간다. 권오표 시인에게 기억이란 '과거-현재'라는 이중의 시간을 비끄러매는 매듭인 것이다.

현재에 부재하고 과거에 존재하는 기억은 권오표 시인에게 시의 순수한 형식으로 포섭된다. 그러한 의미에서 그의 시는 에피메테우스적이다. 뒤늦게 깨닫는 자로서 에피메테우스는 언제나 현재에는 부재하나 과거에 존재했던 기억의 연금술사이다. 우리는 '지금-여기'에서 살아가지만, 일상의 진면목은 '지금-여기'가 소멸되어 '그때-거기'로 전환될 때 발견되는 법. 이것은 데리다가 말한 바, 의미의 미끄러짐과 다르지 않다. 이를테면 시인이 세계(기억)를 재현하려고 할 때, 재현되는 시간과 세계(기억)의 시간 사이에는 필연적으로 벌어짐이 발생하게 된다. 그 벌어짐 때문에 세계(기억)는 본질적 의미에 '대한' 의미만이 반복적으로 부연될 뿐, 세계(기억)의 실재에는 결코 이를 수 없다. 따라서 실재는 결정될 수 없고, 모든 잠재적 의미를 시인의 언어나 의도를 통해 완전하게 포착해내는 것은 불가능하다. 그것은 시인 스스로 자신의 욕망이 기대고 있는 뿌리를 더듬어가더라도 최종적으로 승인하는 일이 가능하지 않는 것과 같다. 이러한 현상은 존재함으로써 부재한다는 기억의 매듭을 더욱 강화한다.

> 오랫동안 헛간 벽에 걸린
> 낡은 망태처럼 혼자 갇혀 살아 왔다
>
> —「난장」부분

기억의 매듭을 존재-부재의 시적 역설로 삼고 있는 권오표 시인에게 "헛간"의 상징적 의미는 각별하다. '헛간'만큼 존재-부재의 구도를 구체적으로 보여주는 것은 없다. '헛간'은 본채에서 덧댄 부분으로, 대개는 문을 달지 않는다. 전통사회에서 '헛간'은 생활을 위한 다양한 도구를 보관하는 곳이었다. 농경사회에서 삶은 '헛간'에 걸린 도구를 통해 영위될 수 있었다.

그런 의미에서 '헛간'은 일상의 전면으로 도약할 수는 없지만, 그 생명력을 지탱하고 유지하는 잠재적 공간으로서의 역할에 충실했다. 인간의 기억이 바로 그렇다. 미지의 영역이 기지의 토양 위에서 체험되고 해석된다는 점에서 기억은 곧 인간이 생명을 연장해가는 거의 유일한 원소가 아닐까?

권오표 시인은 이와 같은 기억의 유일성을 시적 테마로 삼고 있다. 삶의 각성이 지나간 순간을 겨냥하는 것처럼, 에피메테우스의 시선이 후방을 주시하는 것처럼, 권오표 시인은 기억의 부재를 존재론적으로 증명하고자 한다. "오랫동안 헛간 벽에 걸린 / 낡은 망태처럼 혼자 갇혀 살아"온 이유란 그런 것이다. 에피메테우스처럼, 그는 후각자(後覺者)를 자처한다. 모든 예술이 의미의 미끄러짐을 통해 뒤늦게 깨닫는 구도를 채용한다는 점에서 에피메테우스는 시적 영감의 원천에 가깝다. 지나온 흔적을 더듬어보면서 그 흔적이 시간의 궤적에서 어떻게 존재론적 소멸을 맞이하는지 돌아보는 것, 존재의 흔적이 소멸해가는 시시각각의 무늬를 본떠내는 것이 시라고 아리스토텔레스는 말한 바 있다. 권오표 시인은 소멸해가는 흔적이 원래의 무늬를 거의 망각해갈 즈음, 다시 말해 존재의 흔적이 투명해지면서 존재와 부재의 경계면에 맞닿는 순간을 포착해낸다. 그러므로 권오표 시인의 시는 존재했던 흔적의 최후이자, 소멸 직전의 최후에게 표하는 최대의 경의라고 할 수 있다.

부재와 존재의 판타지

이십 년 전 이야기지만, 권오표 시인은 첫 시집 『여수일지』에

"대답 없이 서성이다 보낸 마흔 몇 해의 쓸쓸한 질문"(「自序」)
이라는 문장을 묻어둔 적이 있다. 앞뒤 맥락을 꼼꼼하게 살피
게 되면, 이 문장은 지나간 시간을 돌아보기 위한 나름의 알
리바이처럼 보인다. 우리는 언제부턴가 돌아보는 일을 부끄럽
게 생각해왔다. 산업사회가 정착하면서 삶은 날로 반짝반짝
새로워지는 것 같았고, 앞만 보고 달려가도 부족한 상황에서
지난 시간을 되새기는 일은 시대와 동떨어진 것으로 간주되었
다. 그리하여 마침내 20세기 끝자락에 이르러서는 새로운 세
기의 환영(幻影) 앞에 자못 감격해마지 않았다. 21세기가 되
면 우리의 삶은 획기적으로 달라질 것으로 믿었던 것이다. 그
러나 그 믿음이 판타지로 판명되는 데는 그리 오래 걸리지 않
았다. 판타지는 현실과 욕망의 경계에서 신기루를 우리들에게
보여주곤 한다. 그러나 알다시피 신기루는 거만을 떨며 기만
해대다가 자취 하나 남기지 않고 소멸해버린다. 그러므로 신
기루는 존재와 부재의 지리멸렬한 투쟁 가운데 발생한 외마디
비명이자 무의미한 소음 같은 것이다.

세상의 어머니는 살을 찢는 안간힘으로

눈보라치는 들판에 핏덩이를 밀어 넣는다

꽃나무는 통점(痛點)의 끄트머리에서

툭, 터트려 바람 속에 꽃을 피운다

모든 목숨은 아, 프, 다,

— 「목숨」 전문

이 시에서 우리가 새겨들어야 하는 것은 "툭" 하는 단발의 소음이다. 그것은 "통점(痛點)의 끄트머리에서" "꽃을 피"우는 힘인데, '꽃' 이야말로 현실과 욕망의 판타지를 지칭하는 인류사의 합의사항이라는 점에서, 모든 욕망은 부재와 존재의 힘겨루기인 소음에서 파생함을 알 수 있다. 아직 존재하지 않는 "살을 찢는 안간힘"은 그 자체로 존재가능성을 지니고 있으며, 바로 그 힘의 파동이 결국에는 "눈보라치는 들판에 핏덩이를 밀어 넣"음으로써 "목숨"은 이 세계의 면전에 그 전모를 드러낸다. 권오표 시인은 그러한 '안간힘'의 순간에 어떤 절대의 음성 같은 소음을 듣는다. 그것은 부재의 껍질을 깨고 탄생하는 존재의 도래를 예고하는 것이다. 이렇게 인간의 삶은 시작되고, 삶이 '툭' 하는 원점으로부터 멀어지면 멀어질수록 인간은 에피메테우스가 되어 간다.

그렇다면 원점에서 출발한 시간은 우리를 통과하여 어디로 흘러가는가? 그 궁금증을 버텨내지 못하고 고개를 돌리는 순간, 우리는 결국 금기를 위반하고 만다. 우리의 위반은 돌아보는 것, 즉 후각(後覺)의 감각을 획득하는 것이다. 에피메테우스가 그러했던 것처럼, 돌아보는 일은 분란과 소란의 함정 같은 것이다. 소멸해가는 '통점'의 흔적을 들춰내는 일은 "아, 프, 다,". 그냥 아픈 것이 아니고 숨이 컥 멎는 것처럼 지독한 아픔이다. '아프다'고 하지 못한 것은 '아'와 '프'와 '다' 사이에 쉼표(,)를 간절하게 새겨 넣음으로써 통증을 감각하는 존재의 부재를 전면화한다. 다시 말해, 돌아보는 순간 이미 존재와 부재는 혼재하면서 판타지가 될 준비를 하는 것이다. 시집『너무

멀지 않게』는 이 판타지의 신기루를 투명한 언어에 담아내고
자 했다. 물론 판타지도 신기루도 투명한 언어도 이미 질료로
서의 내구성을 상실하고 말았지만.

> 밤새 눈이 그친 뒤
> 골목 빈터에
> 두 개의 눈사람이 생겼다
> 햇살은 잠시 기웃거리다 가고
> 찬바람은 오래 휘돌다 가는 곳
> 함석대문 집 아이가
> 점심도 잊고 만들었다
> 돈 벌러 나가 소식 없는 아버지와
> 작년에 곁을 떠난 동생이다
> 아버지 눈사람은 모자를 썼고
> 동생 눈사람은 춥지 말라고 목도리도 했다
> 늘 타던 세발자전거도 곁에 있다
> 배고픈 줄도 모르고 아이가
> 눈사람 주위를 돌며 흙먼지를 털어준다
> 아이의 손이 새파랗게 곱았다

> ―「눈사람」 부분

"눈"처럼 내구성 약한 질료가 있을까? 권오표 시인이 시적
대상으로 삼는 것들은 '눈'처럼 내구성 약한 것들이다. 눈은
개별적으로 존재하기 어렵다. 허공에서 낱개로 자기주체성을

정립했던 눈은 지상에 닿는 순간 녹아 사라지거나 다른 눈과 뭉쳐서 애초의 자기 정립을 상실하고 만다. 그렇기 때문에 내 구성 약한 눈으로 만든 '사람' 또한 존재한다고 말하기 어렵다. '눈사람'의 질료인 눈 자체가 이미 존재론적으로 자기 정립을 상실함으로써 부재를 향해 전개되고 있기 때문이다. 그것이 "함석대문 집 아이가/점심도 잊고 만들었"던 "아버지"와 "동생"이 '지금—여기' 부재할 수밖에 없는 이유다. 이 시는 '그때—거기', 즉 과거에 존재했던 아버지와 동생을 '지금—여기'에 부재자로서 존재할 수 있도록 '눈사람'을 만들어낸 것이다. 그러나 우리는 알고 있다. 이 형상화된 아버지와 동생의 질료가 부재를 향해 녹아내리고 있다는 사실을.

　여기에서 권오표 시인이 즐겨 사용하는 작법을 확인할 수 있다. 그는 시간의 이중노출에 능하다. 과거와 현재를 동시에 인화해냄으로써 그는 '지금의 시간' 속에 '지금 아닌 시간'과 '지금 아닌 시간이 발현하고자 한 욕망의 시간'을 무리 없이 형상화해낸다. 그것은 존재의 시간이 부재의 축적을 통해 확보되는 순간이며, 부재 또한 존재 시간의 누적이라는 발견적 인식에서 비롯된 것 같다. 그렇기 때문에 권오표 시인은 지금 이순간이야말로 바로 직전까지의 시간이 도달하고자 했던 의지의 성취라는 점을 분명하게 인식하고, '지금'은 '지금 아닌 시간'의 잠재 시간이라는 시간 미학의 이념을 자신의 시작 미학으로 쟁취해냈다. "풍화된 뼈들이 고비에 갇혀 함부로 뒹굽니다"(「고비 4」), "이장집 영감님은 새 달력에서/이태 전에 먼저 간 할멈의 제삿날을 더듬고"(「겨울 초상」), "사연 없이 시들어 배배 죽

101

은 나무를 잘라내고/달 뜨는 창가에 홍매 한 그루 심었다"(「홍
매」) 등 권오표 시인은 과거와 현재의 두 시간을 '지금'으로 소
환해내는 것을 즐긴다. 이를 통해 그는 '지금'이야말로 '지금
아닌 시간'이 현현하기에 더없이 좋은 순간임을 확신한다. 이
를테면 그에게 '지금'은 부재하는 시간을 존재하게 할 수 있는
단 한 번의 기회로 주어진 것이다.

꿈에 당신이 내게 건너오는 날에는
손님 없는 점쟁이 집처럼 종일 아무 일도 할 수가 없네
목매기송아지 울음이 길게 강을 건너 올 때처럼
그저 먹먹하기만 하네
11월 유랑극단의 나팔소리처럼 한 귀퉁이 짠하기만 하네
찬마루의 어룽진 거울 앞에서
여며도 여며도 흘러내리던 술 빠진 백동비녀
당신이 견뎌온 삼동(三冬)의
문풍지처럼 신산한 날들이 보이네
늦도록 미나리꽝만 헤집는 집 나온 추운 오리새끼들
눈보라는 부르튼 손으로 북창(北窓)을 할퀴고 할퀴는데
당신의 바람 든 조선무처럼 흔적 없는 생채기는
그 얼마였는지

오늘,
식은 고구마를 당신의 싱건지도 없이
가슴을 턱, 턱, 치며

꾸역꾸역 눈물 없이 먹네

눈물 없이 먹네

– 「식은 고구마를 먹네」 전문

부재하는 시간을 '지금' 존재하게 하는 방법 가운데 '꿈'은 부재와 존재의 특성을 교묘하게 결집해낸 상징이다. 이 시에서처럼 부재하는 현재를 '지금' 드러나게 하는 가능한 전략은 '꿈'이다. 권오표 시인은 꿈을 "또 다른 서러움의 고백"(「쓸쓸한 질문」)으로 활용한다. 「식은 고구마를 먹네」는 이러한 '꿈'의 속성을 전형적으로 포착해냈다. 1연은 꿈의 내용이고 2연은 그 꿈에서 촉발된 현재의 상황이다. 1연은 '지금' 부재하는 시간으로, 과거에 존재했던 그 시간이 부재의 순간으로 소멸함으로써 그 자리에 "오늘"이라는 시간이 존재할 수 있게 된 것이다. '당신'이 존재했던 시간, 즉 '지금' 부재하는 시간 속에서 '당신'을 향한 화자의 태도는 "그저 먹먹하기만 하"고 "짠하기만 하"다. 그것은 "당신이 견뎌온 삼동(三冬)의/문풍지처럼 신산한 날들" 때문이다. 이 서러움의 고백은 "당신의 바람 든 조선무처럼 흔적 없는 생채기"로 인해 절정으로 치닫게 되는데, 이 시간을 밀어가는 것은 "부르튼 손으로 북창(北窓)을 할퀴고 할퀴는" "눈보라"다. 왜 하필 '눈'인가? '꿈'을 고백하는 순간 등장하는 '눈보라'가 부재와 존재의 혼성이라는 사실은 이미 알고 있다. 그렇다면 '꿈'과 '눈'이 다르지 않다는 것일까? 권오표 시인에 따르면, "덧없이 흘러 가고 흘러 오는 것/누구는 잠 못 들고 누구는 꿈을 꾸"(「밤새」)게 된다. '덧없이 흘러 가'는 존재 소멸(부재)과 '흘러 오는' 부재 도래(존재)의 순간에 '잠 못 들고' 있는 사람이 역사를 기록하는 자라면, '꿈을 꾸'는 자는 분명 시인이다. 시인은 이 부재와 존재의 교체기에 "가슴을 턱, 턱, 치며/ 꾸역꾸역 눈물 없이" 시를 쓴다. 여기서 '눈물'이란 '꿈'이나 '눈'의 또 다른 형상임은 당연하다. 부재와 존재가 공존하는 판타지, 그것이 바로 시인의 눈물인 시가 되는 것이다.

적소(謫所)의 공간, 고비

권오표 시인이 다루는 부재와 존재의 이중시간의 근원은 '적소'다. 그에 따르면 '적소'는 "홀로 흔들리는 산비탈 불빛"(「폭설」)이 간신히 어둠을 흩어놓는 곳이기도 하고, "삼 년 만에 친정 오는 누이 맞으러 어머니가 하염없이 손차양하는 곳"(「동구 2」)이기도 하며, 무엇보다도 "가끔씩, 가끔씩 속울음을 울게 하던"(「초승달」) 그런 곳이다. 가슴이 모래사막처럼 서걱거릴 때, 두 눈의 실핏줄이 터져 익은 맹감 열매처럼 저녁나절이 붉어질 때, 발은 부르터 절뚝이면서도 턱은 완강하게 치켜들고 있을 때, 적소는 어깨 꺾고 들어가 끝내 오래 울부짖어도 좋은 곳이다.

그러나 적소는 무(無)의 시공간이다. 우리의 의식이 의식 밖의 어떤 지점을 겨냥했을 때, 그 조준된 지점이 애초에 기획했던 지점이 아님을 확인하고, 겨냥했던 의식을 회수하는 과정에서 발생하는 거리를 사르트르는 무라고 했다. 무란 존재가 자신의 존재 속에 지니고 있는 자기와 의식 사이의 아무것도 아닌 거리, 즉 자기의식의 거리인 것이다. 그렇기 때문에 무는 지향과 반향이 끝없이 반복되는 세계이면서 존재론적 성찰과 반성이 발생하는 지점이기도 하다. 권오표 시인에게 적소는 바로 그런 곳이다. 성찰과 반성이 존재의 의지적 의식의 소산이라면, 적소는 반대로 무의지의 의지, 즉 무의식의 영역에서 추동되는 힘이다. 따라서 적소는 안식을 구하는 곳이라기보다 스스로의 불편을 견디어내는 곳이어야 한다.

오늘도 건달처럼 두 손을 주머니에 찌르고 포구에 갔습니다

하루에 두 번 뭍으로 가는 통통배가 투덜대며 막 방파제를 벗어나고 있었습니다

바닷가 가게들은 빛바랜 간판처럼 모두 무심한 얼굴입니다

방파제 끝에서 낚싯대가 두엇 하릴없이 끄덕끄덕 졸고 있습니다

구럭 안은 비어 있습니다

물에서 기어 나온 어린 게들만 방파제 위를 갈팡질팡합니다

오랫동안 주머니 속에서 귀퉁이가 닳은 편지를 비로소 우체통에 넣었습니다

돌아오는 길에 늘 불콰한 얼굴의 민박집 사내가 새삼스레 아는 체를 합니다

주말에 폭풍이 몰려올 거라고,

바닷가에 널어놓은 어망을 걷으러 가는 길이라고

아직은 견딜만합니다

— 「적소에서」 전문

현대시에서 '포구'는 줄곧 삶의 기항지로 기능해왔다. 물리적인 의미에서 포구는 정박과 출항의 이중 구조를 지녔으므로, 언제든 떠날 수 있고 또 머물 수 있는 포구야말로 기항에 충실한 공간이다. 이곳에서 상처 입은 사람들은 내상을 치유하고 외상을 치료한다. 정착과 떠남의 거리가 사실상 소멸되었다는 점에서 포구는 무의 세계이다. 포구에서 만나는 풍경들이 "빛바랜 간판처럼 모두 무심한 얼굴"인 이유가 거기에 있다. "방파제 끝에서 낚싯대가 두엇 하릴없이 끄덕끄덕 졸고 있"고 "구럭 안은 비어 있"는 것도 적소의 스케치다. '무심한 얼굴'들이 무슨 이유로 적소에 흘러들었는지 알 수 없지만, 적소에 든 사람들은 모두 죄의 흔적을 지우는 일에 몰두한다. 빈 낚싯대를 드리워놓은 사람은 그 흔적이 희미하겠지만, "늘 불쾌한 얼굴의 민박집 사내" 같은 이는 적소에서 좀 더 머물러야 할 것이다.

그러나 적소는 머물고 떠나는 일에 관심 없다. 하늘 아래 목숨 걸어놓고 사는 일 자체가 어쩌면 죄가 아닐까? 그런 의미에서 반성하고 성찰하는 일은 사는 일로부터 스스로를 거두어들이는 것인지도 모른다. 적소는 그런 곳이다. 서서히 삶으로부터 벗어나는 곳. 그러니 적소에서는 '구럭'을 가득 채우고자 하는 욕망이 있을 수 없다. 사는 일을 모르는 "어린 게들만 방파제 위를 갈팡질팡"하면서 적소의 침묵을 불편해할 뿐, 적소에는 "오랫동안 주머니 속에서 귀퉁이가 닳"도록 시간을 견뎌낸 것들로 가득하다. 그것들은 가끔 견딤의 절정에서 적소 외부의 세계를 향해 발신되곤 한다. "하루에 두 번 뭍으로 가는 통통배"를 타고 적소의 소식들은 "방파제를 벗어"날 수 있다. 그러나 외부로부터 수신되는 응답은 "폭풍"이다. 아직은 좀 더 견뎌야 한다는 뜻이리라. "폭풍이 몰려 올" 때, "바닷가에 널어놓은 어망을 걷"듯 적소에 와서도 끝내 비워내지 못한 삶의 욕망을 거두어들여야 한다. 웬만한 바람은 다 빠져나갈 만큼 비웠지만, 그래도 '어망'의 촘촘하게 짜인 그물코까지 비워내지는 못했다. 그러므로 적소는 "아직은 견딜만"한 곳이어야 한다. 견딜 수 없어서도 안 되고 견딤 자체가 부재해도 곤란하다.

권오표 시인은 4편의 「고비」 연작을 통해 적소에서의 견딤을 집중적으로 피력한다. "길 없는 길에 섰네// 한평생 비천한 시간만 탕진하다//고비에 왔네"(「고비 1」)에서 보듯, 적소는 부재를 존재하게 하는 곳이다. 그러므로 '길 없는 길'의 모순이란 삶의 고비에서 만나게 되는 판타지의 형상화에 다름 아니다. 몽골 내륙의 사막을 일컫는 '고비'와 어떤 일이 되어가는 가장 중요한 국면으로서의 '고비'는 "백년을 걸어도 소실점에 닿지 못"(「고비 1」)하는 곳에서 하나로 모이는데, 이곳에서 "바람은 밤마다 새로 모래 제단을 쌓"(「고비 2」)고 "유목의 별들이 내려

와//어미 잃은 양들에게//낮 동안 퉁퉁 불은 젖을 물"(「고비
3」)린다. '소실점'에서 하나로 모였던 '고비'는 '모래 제단'(죽음,
소멸, 부재)과 '젖'(생명, 탄생, 존재)의 이중 공간이자 '밤'과 '낮'
의 혼재 세계로 분기하는데, 이렇게 하나이면서 둘이 되는 '고
비'는 부재와 존재의 존재론적 거리가 소멸되는 무의 지점으
로 확정된다. 그럼으로써 권오표 시인은 '고비'야말로 그가 발
견해 낸 적소의 본거지임을 분명하게 선언한다.

  풍화(風化)된 뼈들이 고비에 갇혀 함부로 뒹굽니다

  찬이슬에도 이빨을 부딪치며 웁니다

  걸어도 걸어도 황사바람 이정표 없는 허방길

  갈 데까지 가보자고 가보자고

  나는 고비의 외로운 늑대

  열 손가락 핏물 돋우며

  그대 향한 그리움 쪽으로 꽃 피우렵니다
                                  – 「고비 4」 전문

  「고비 4」에서는 권오표 시인이 적소에 든 사연의 한 자락을
짐작해보아도 좋을 것이다. 우선 이 시에서 '고비'는 "풍화된
뼈들"이 갇혀 있는 곳이다. 이곳은 "걸어도 걸어도 황사바람"
이 불어대는 곳이기 때문에 모든 길은 모래언덕에 푹푹 발이

빠지는 "이정표 없는 허방길"에 불과하다. 길이면서 길이 아닌 '허방길' 이미지는 고스란히 '길 없는 길'에 닿고, 그러므로 "갈 데까지 가보자고 가보자고" 해도 사실 '갈 데'라고는 아무 곳에서도 찾을 수 없다. 드디어 '길'이 사라지고 모든 것이 '길'이 되는 순간에 닿은 것이다. 이 지점에서 권오표 시인은 아무 곳도 아닌 곳에서 어느 곳도 아무 곳이 되는 존재론적 전이를 확보한다. 그것은 '나'를 버리고 '자아'를 획득하는 순간이기도 하다. 온갖 세속의 욕망과 부패의 감정들로 들끓었던 '나'는 마침내 고비(적소)에서 바람에 '풍화'되고 아무 것도 거느리지 않은 순수한 몸으로서의 '뼈', 즉 '자아'로 변모한 것이다. 그 순간의 극적인 장면은 이렇게 연출된다. "나는 고비의 외로운 늑대// 열 손가락 핏물 돋우며// 그대 향한 그리움 쪽으로 꽃 피우렵니다". 마침내 '나'는 '핏물'을 흘리는 상징적 행위를 통해 '꽃'으로 재생됨으로써 오래 웅크리고 앉았던 적소에서 비로소 끙, 하고 무릎을 펼 수 있게 된 것이다.

서리 내린 아침 마당 한켠에
날개 다친 새가 새빨간 눈을 뜨고 죽어 있다
아궁이의 재도 식었다

토방에 놓인 신발을 밖으로 돌려놓는다
                                    — 「독거」 부분

적소를 떠나오던 아침, "날개 다친 새가 새빨간 눈을 뜨고 죽어 있"고, 밤새 들끓어 신열을 올리던 "아궁이의 재도 식었다".

소멸한 자리에 생명이 뿌리 내리고, 부재의 지점에 존재의 가능성이 생겨나듯, 죽어 사라지고 식어 가라앉은 지점에서 새로운 삶과 욕망이 꿈틀거릴 수 있다. 이 부재의 존재를 확인하는 순간 권오표 시인은 "토방에 놓인 신발을 밖으로 돌려놓는다". 적소에서의 이십 년. 첫 시집을 낸 후 시의 적소에 들었던 그가 마침내 '스무 해의 침묵'을 묶어 『너무 멀지 않게』를 세상에 내놓은 것이다. 그러니 반가우나 반갑지 않게 맞이할 일이다. 귀하지만 귀하지 않게 읽어볼 일이다. 그의 시를 읽는 일은 무언(無言)으로 스스로의 귀를 틀어막고, 무심(無心)으로 눈을 감아버린 '돌멩이'를 어루만지는 것과 다르지 않기 때문이다. 미리 고백하는 말이지만, 그의 시를 읽고 나면 "누구나 가슴 속에 서늘한 돌멩이 하나쯤은 품"(「한로」)게 된다. 그러니 부디 기억해두는 것이 좋을 것이다. 살다가 문득 가슴 속에서 서늘한 돌멩이 하나 만져진다면, 당신은 에피메테우스가 되어 당신만의 적소를 찾아나서야 한다는 것을. 『너무 멀지 않게』는 당신들이 한 이십 년 들어앉아 있어도 소란하지 않을 좋은 적소가 되어 줄 것이다.

시인 **권오표**

1950년 전북 순창에서 태어나 원광대학교 국문과를 졸업했다. 전주 완
산고등학교에서 30여 년간 아이들을 가르쳤다. 1992년 『시와시학』으로
등단했으며, 시집으로 『여수일지』(문학동네)가 있다. 50대에 시작한 달
리기에 빠져 지금도 틈틈이 배낭 하나 메고 아중천으로 간다.

모악시인선 8

너무 멀지 않게

1판 1쇄 펴낸 날 2017년 11월 6일
1판 2쇄 펴낸 날 2018년 12월 7일

지 은 이	권오표
펴 낸 이	김완준
펴 낸 곳	모악
기획위원	문태준, 손택수, 박성우
디 자 인	제현주
출판등록	2016년 1월 21일 제 2016-000004호
주 소	전북 전주시 덕진구 기린대로 418 전북일보사 5층 (우)54931
전 화	063-276-8601
팩 스	063-276-8602
이 메 일	moakbooks@daum.net

I S B N 979-11-88071-06-7 (03810)

* 이 도서의 국립중앙도서관 출판예정도서목록(CIP)은 서지정보유통지원시스템 홈페
  이지(http://seoji.nl.go.kr)와 국가자료공동목록시스템(http://www.nl.go.kr/kolisnet)
  에서 이용하실 수 있습니다.(CIP제어번호:CIP2017027571)

* 이 책의 내용을 재사용하려면 지은이와 모악의 서면 동의를 받아야 합니다.

값 8,000원